Chind Legrand Balzano

BUNKERVILLE

ankama

Ce livre est dédié à Maximillian Brooke Chind, mon fils.

Je tiens à remercier :
Vincenzo Balzano, d'avoir transporté en montgolfière cette histoire, dans son univers sombre et onirique.
Benjamin Legrand, avec qui j'ai écrit Bunkerville *pour le cinéma. Ainsi que François Schuiten, Nicolas Fructus et Gyula Németh, qui furent également impliqués dans ce projet.*
Mes éditrices Charlotte Raimond et Justine Penglaou, pour leur bienveillance et la qualité de leurs retours, qui les rendent si précieuses à mes yeux. Ainsi que toute l'équipe d'Ankama Éditions.
Christophe Fluder, mon ami, qui m'a inspiré le personnage de Tom.
Le confinement, qui m'a poussé à adapter Bunkerville *pour la bande dessinée.*
Et ma femme, Anna, pour tout le reste et plus encore.

Pascal Chind

Du même dessinateur chez Ankama Éditions :
Clinton road par Vincenzo Balzano
Adlivun par Vincenzo Balzano

Première édition
Dépôt légal : janvier 2024
ISBN : 979-10-335-1714-6
Imprimé par L.E.G.O. S.p.A (Italie)

Scénario : Pascal Chind, avec la collaboration de Benjamin Legrand
Dessin : Vincenzo Balzano
Maquette : Dorothée Bachy

Ankama Éditions, 75 bd d'Armentières, BP 60403 – 59057 Roubaix cedex 1 – France.

EPICEA HOLDINGS VIENT DE RACHETER BRAIN FACTORY...
UNE START-UP AMÉRICAINE SPÉCIALISÉE DANS LES NEUROSCIENCES COGNITIVES.
LES COURS VONT MONTER. IL FAUT Y ALLER, MAINTENANT !
E
ÉLÉONORE
DZZZIPP
EXCUSEZ-MOI UN INSTANT, MONSIEUR CAZEAULT...
ÉLI, JE SUIS AVEC UN CLIENT, JE TE RAP-- QUOI ? OUI, C'EST MOI... QUI ÊTES-VOUS ?
LA PLAGE ? QUELLE PLAGE ?!

IL N'Y AVAIT QUE VOTRE NUMÉRO DANS SON TÉLÉPHONE…
C'EST VOTRE FEMME ?
MA COMPAGNE… ON N'EST PAS MARIÉS.
LA POISSONNERIE DE L'ÎLE

LE LIVREUR LÀ-BAS L'A VUE DISPARAÎTRE DANS L'EAU.
LA POIS... DE L'ÎLE
IL Y A UNE FAILLE PROFONDE À TRENTE MÈTRES D'ICI...
NOUS POURSUIVONS LES RECHER-CHES.
WROMM

ÇA N'A AUCUN SENS ! POURQUOI SERAIT-ELLE ALLÉE SE BAIGNER ? IL FAIT À PEINE DIX DEGRÉS !
ÉLI...
JE N'ARRIVE PAS À Y CROIRE...

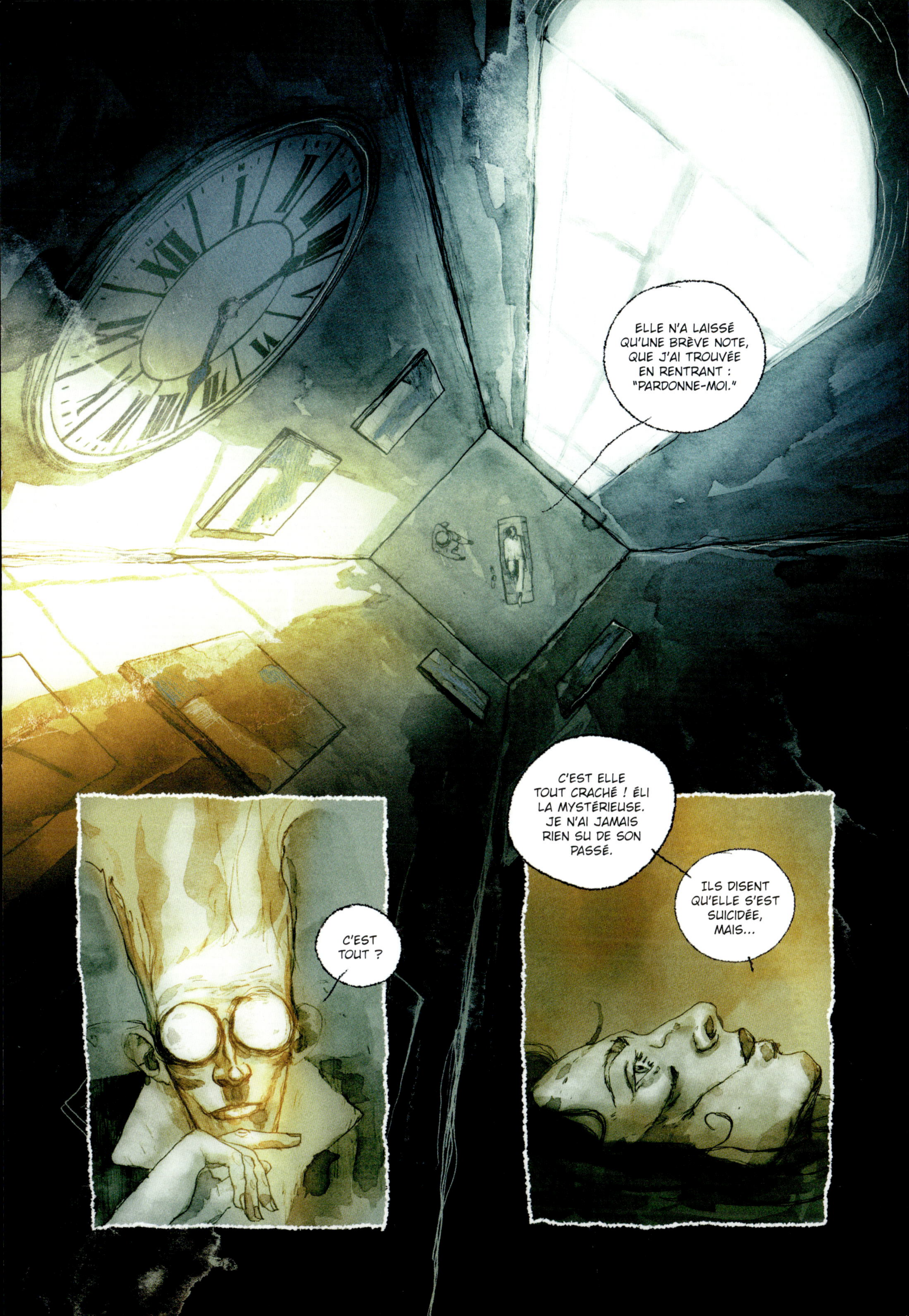
ELLE N'A LAISSÉ QU'UNE BRÈVE NOTE, QUE J'AI TROUVÉE EN RENTRANT : "PARDONNE-MOI."
C'EST TOUT ?
C'EST ELLE TOUT CRACHÉ ! ÉLI LA MYSTÉRIEUSE. JE N'AI JAMAIS RIEN SU DE SON PASSÉ.
ILS DISENT QU'ELLE S'EST SUICIDÉE, MAIS...

VOUS CROYEZ TOUJOURS QU'ELLE EST VIVANTE ?
JE VOUS L'AI DÉJÀ DIT, LAUREL : ACCEPTER LA RÉALITÉ FAIT PARTIE DE VOTRE PROCESSUS DE GUÉRISON.
ELLE NE CESSAIT DE ME RÉPÉTER : "JE HAIS TON MONDE"... MAIS JE N'AI RIEN VOULU ENTENDRE...
J'ÉTAIS OBSÉDÉ PAR LE PROFIT. C'ÉTAIT UNE DROGUE, JE TRAVAILLAIS COMME UN DINGUE. JE M'EN VEUX ! COMMENT AI-JE PU ÊTRE AUSSI AVEUGLE ?!
QUAND ELLE DISAIT VOULOIR "QUITTER MON MONDE", JE PENSAIS QU'ELLE PARLAIT DE CETTE VILLE, DE MES FRÉQUENTATIONS...

CLICK
CLICK
CLOCK
CLOCK
NE VOUS CULPABILISEZ PAS, LAUREL. CE N'EST PAS VOTRE FAUTE.
JE N'AI PLUS ENVIE DE RIEN. J'AI L'IMPRESSION D'ÊTRE À LA DÉRIVE…
C'EST NORMAL, VOUS ÊTES EN ÉTAT DE CHOC.

LICE

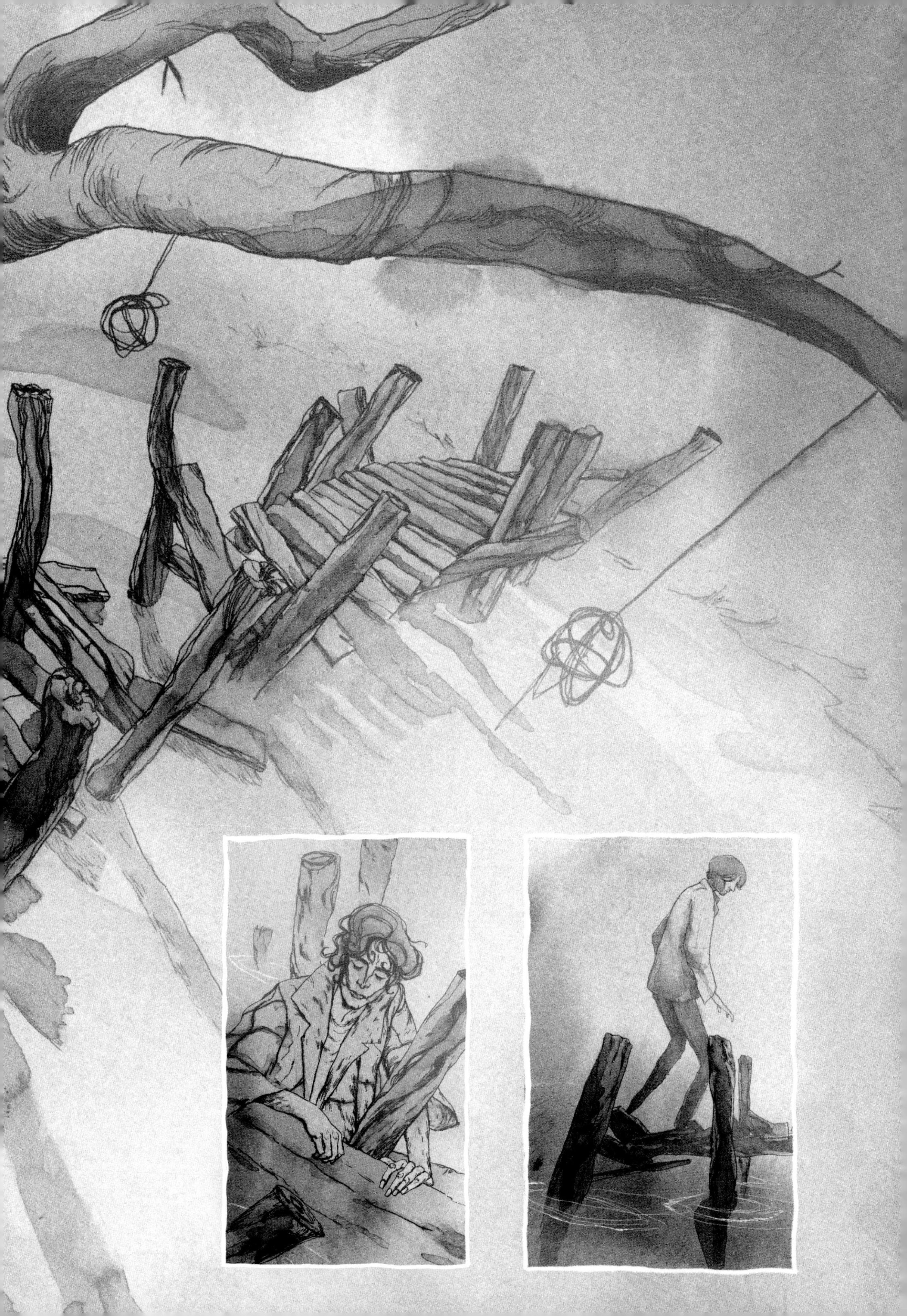

ÉLI...
ÉLIIIIIIII !

C'EST...
DU SANG ?!

NON... !
VITE !

ÉLIII !!
?!

DÉFENSE D'ENTRER

DÉFENSE D'ENTRER
TOC TOC
SCRRR

UNE VILLE ? ICI ?!

MONSIEUR, EXCUSEZ-MOI !
QUE SE PASSE-T-IL ? OÙ EST-ON ?

HALTE-LÀ !
DE QUEL DROIT
OSES-TU ?
ÔTE-TOI DE
MON CHEMIN,
CLOCHARD !
CLOCHARD ?
QU'EST-
CE QUI
M'ARRIVE ?
ÉLI...

MAIS POURQUOI COURENT-ILS TOUS ?
AUGUSTE, LA POLICE !
RENTRONS, MA MIE !

IL NE DEVRAIT PAS RESTER PLANTÉ LÀ, LUI. IL EST FOU !
NE BOUGE PAS, INTRUS !

TRIIIIIIII

C'EST À MOI QUE VOUS PARLEZ ?

À QUI D'AUTRE VEUX-TU QU'ON PARLE ?

QUEL CULOT !
IL EST INTERDIT D'ENTRER DANS BUNKERVILLE !
IL Y A UN MALENTENDU, JE SUIS ARRIVÉ ICI PAR HASARD !
RENDS-TOI !
PERSONNE N'EST JAMAIS ARRIVÉ ICI PAR HASARD ...

IL S'ENFUIT !
ARRÊTEZ-LE !

JE N'AI RIEN FAIT DE MAL !

AAHHH
HHHAA

VOUS N'AVEZ PAS LE DROIT...
ARGH !
ON A TOUS LES DROITS...
À COMMENCER PAR CELUI D'ÉTOUFFER LES INTRUS.
ALLEZ, DEBOUT, POUILLEUX ...

EN ROUTE !

JE VOUS LE RÉPÈTE : IL Y A UN MALENTENDU. JE N'AI RIEN FAIT...

IL N'A RIEN FAIT ! VOUS ENTENDEZ ÇA... ?

BV
IL MENT COMME UN ARRACHEUR DE DENTS.
ASSIEDS-TOI À CÔTÉ DE TON AVOCAT...

MON AVOCAT ? C'EST UNE PLAISANTERIE ?!
SILENCE !
PARDONNEZ-MOI, MAÎTRE... VOTRE CLIENT EST COMPLÈTEMENT RAVAGÉ.

VOTRE HONNEUR, UN VIRUS EST ENTRÉ DANS NOTRE BELLE ET GRANDE CITÉ...
NOUS DEVONS NOUS DÉBARRASSER DE CETTE VERMINE... L'ÉCRASER DU PIED ET LA JETER DANS LES BROYEURS DE L'ENFER POUR L'ÉTERNITÉ !

C'EST POURQUOI J'ACCUSE L'INTRUS D'ÊTRE...
COUPABLE !
COUPABLE ? MAIS DE QUOI ?!
QUICONQUE ENTRE DANS BUNKERVILLE PERD LA TÊTE. C'EST LA LOI, VOTRE HONNEUR.
IL VA SANS DIRE QUE CE MISÉRABLE INTRUS DOIT ÊTRE DÉCAPITÉ, VOTRE HONNEUR...
VOTRE HONNEUR... ?

IL VA LA SORTIR ...
LA PIÈCE VA PARLER !

MA BELLE, J'EXÉCUTERAI TA DÉCISION...
MAIS AVANT, ÉCOUTONS LE VERDICT DU JURY.

COUPABLE
COUPAB
COUPABLE
COUPABLE
COUPABLE

COUPABLE COUPABLE
COUPABLE, VOTRE HONNEUR !
SOIT ! LA PIÈCE VA PRONONCER SA SENTENCE.
?!
PILE, DÉCAPITÉ ; FACE, LES OUBLIETTES.

PILE OU FACE ?! VOUS VOUS FOUTEZ DE MOI ?!
C'EST LA PLUS BELLE DE TOUTES LES PIÈCES. N'EST-CE PAS QU'ELLE EST BELLE ?

J'AI FAIM !
TU NE PENSES QU'À MANGER.

SILENCE ! LE JUGE VA LANCER LA PIÈCE.
LÂCHEZ-MOI, SALES BRUTES !
ELLE DIT TOUJOURS LA VÉRITÉ.

PILE !

MAIS... IL NE L'A MÊME PAS LANCÉE !!
REGARDE, MON CHÉRI, ON VA COUPER LA TÊTE DE L'INTRUS.
ATTENDEZ !

ÉPARGNEZ-LE, AYRTON BJÖRG !
FAITES-LE ! ILS VOUS ÉCOUTERONT ...

VOYEZ-VOUS ÇA ! D'OÙ VOUS VIENT CETTE PASSION SOUDAINE ?
MONTREZ AU PEUPLE QUE VOUS AVEZ DU CŒUR ET IL VOUS MANGERA DANS LA MAIN.
HORS DE QUESTION ! CES PAUVRES BOUGRES ONT BESOIN D'ÊTRE DIVERTIS.

FAITES CE QUE JE VOUS DIS !
GRANDULE, VEUILLEZ RACCOMPAGNER Mlle SCHNOPZ DANS SA CHAMBRE...
ELLE A BESOIN DE REPOS.
LÂCHEZ-MOI ! VOUS N'AVEZ PAS LE DROIT !

ARRÊTEZ !
BOURREAU !

JE NE SUIS PAS...
SWOOO
SBUNG
COUPABLE.
MORDIEU ! LA GUILLOTINE S'EST BLOQUÉE...

C'EST EMBÊTANT, IL A ENCORE TOUTE SA TÊTE...
IL FAUT TRANCHER, VOTRE HONNEUR !
TUEZ-LE !
ON VEUT SA TÊTE !
ENVOYEZ-LE AUX OUBLIETTES !

LE BOURREAU VA S'OCCUPER DE TOI.
IL EST TRÈS AFFECTUEUX, TU VERRAS ! HA HA !
TU AS EU DE LA CHANCE... LA GUIGNOTINE, ELLE N'A JAMAIS PAS FONCTIONNÉ.
RAVI DE LE SAVOIR.

MOI, C'EST NOIX DE COCO QUE JE M'APPELLE.
ET TOI, MONSIEUR...
C'EST QUOI, TON NOM À TOI ?
LAUREL. JE DOIS SORTIR D'ICI, JE N'AI RIEN À VOIR AVEC TOUT ÇA !
NOIX DE COCO VA S'EN OCCUPER DE TOI !

TU VAS M'AIDER ?!
JE PEUX FAIRE UN GROS CÂLIN QUI FAIT DU BIEN À TOI, MONSIEUR LAUREL.
EUH... ÇA IRA, MERCI.
SYMPATHIQUE, CET ENDROIT ...

SI TU ME VOYAIS, ÉLI…

OUAH ! DÉGAGE, SALOPERIE !

EEEEH ! FAITES-MOI SORTIR DE LÀ !
VOUS M'ENTENDEZ ?! IL Y A QUELQU'UN ?
CLICK

L'IDIOT... IL A OUBLIÉ DE FERMER !

SUNKERVILLE
PALACE HOTEL

S'IL VOUS PLAÎT ?
DRING DRING
POUAH ! HORRIBLE, CETTE ODEUR DE POISSON.
14
JE T'AI ENTENDU ARRIVER ! JE SUIS INSOMNIAQUE. LA NUIT, JE FAIS DES LISTES DE BRUITS...
RIEN NE M'ÉCHAPPE !

J'ÉTAIS LÀ QUAND TU AS FAILLI PERDRE LA TÊTE...
LA VIE NE TIENT VRAIMENT QU'À UN FIL.
JE PEUX TE VOUVOYER ?
EUH... SI VOUS VOULEZ... IL N'Y A PERSONNE À LA RÉCEPTION ? J'AI BESOIN D'UNE CHAMBRE.
13
JE N'AI JAMAIS CROISÉ PERSONNE DANS CET HÔTEL. ON N'A PAS TROP DE TOURISTES, DANS LE COIN...
MAIS PRENEZ LA 13, ELLE EST LIBRE.

VOUS Y SEREZ BIEN...
MIS À PART QUELQUES BRUITS.
ÇA NE VA PAS ?
CETTE JOURNÉE N'A AUCUN SENS. JE NE VOIS PAS CE QUE JE FAIS ICI.
TENEZ ! PRENEZ ÇA.
ÇA VOUS AIDERA À *VOIR*.
C'EST QUOI ?
DU COMPROMIS DE RÉALITÉ.

AU POINT OÙ J'EN SUIS...
JE N'AVAIS ENCORE JAMAIS RENCONTRÉ D'INTRUS...
JE NE DEVRAIS PAS, MAIS... VOUS POURRIEZ ME RACONTER COMMENT C'EST... DE L'AUTRE CÔTÉ ?
SI VOUS POUVIEZ DÉJÀ ME DIRE OÙ ON EST !
À BUNKERVILLE, MON VIEUX ! VOUS AVEZ DE DRÔLES DE QUESTIONS.
JE--

MONSIEUR !
VOUS NE DEVRIEZ PAS RESTER LÀ…
LA MER VA VOUS EMPORTER.
OH… JE ME SUIS ENDORMI.

ENDORMI, EN PLEINE MER ? COMME VOUS ÊTES ÉTRANGE !
QUELQUE CHOSE NE VA PAS ?
PARDONNEZ-MOI, MON CERVEAU EST EMBRUMÉ... J'AI L'ÉTRANGE IMPRESSION D'AVOIR DÉJÀ VÉCU CE MOMENT.
JE CRAINS QUE VOTRE HISTOIRE NE PRENNE L'EAU.
JULES VERNE

CE N'EST PAS GRAVE. JE L'AI DÉJÀ LUE TANT DE FOIS…
ELLE NE VOUS QUITTERA JAMAIS, ALORS !
LAISSEZ-MOI VOUS DÉPOSER OÙ VOUS VOUDREZ. MA VOITURE EST STATIONNÉE LÀ-BAS.
VOUS FERIEZ ÇA ?
OUI ! JE M'APPELLE LAUREL, ET VOUS ?
ÉLÉONORE.
QUEL CURIEUX VÉHICULE …
MON DERNIER BONUS Y EST PASSÉ. ELLE A CINQ CENTS CHEVAUX.
VOUS ÊTES DRÔLE ! ET OÙ SONT-ILS ?
SOUS LE CAPOT !

VOUS AVEZ PRIS UNE DE CES PETITES PILULES, LAUREL ?
PARDON ?

VOUS ALLEZ VOUS RÉVEILLER, MAIS PROMETTEZ-MOI QUE VOUS REVIENDREZ.
NON...
PAS MAINTENANT !
ÉLI...

QUEL MAL DE CRÂNE...

14
TOC TOC

AH ! C'EST VOUS, MON VIEUX. ENTREZ !
ALORS ? COMMENT ÉTAIT LE VOYAGE ?
TROP COURT. J'AI BESOIN D'UNE AUTRE PILULE.
AVANT DE COURIR APRÈS VOS CHIMÈRES, IL FAUT VOUS RESTAURER, MON VIEUX.
JE VOUS EN PRIE ! JE DOIS Y RETOURNER.

N'INSISTEZ PAS. J'ALLAIS JUSTEMENT ME METTRE À TABLE.
APRÈS TOUT, JE MEURS DE FAIM.
CETTE TEXTURE...
BEURK !
C'EST QUOI, CE POULET ?!
IL A UN GOÛT DE POISSON.
C'EST DU POISSON ! DU POULET AU POISSON.

OÙ AI-JE ATTERRI... ?
ÉCHOUÉ, VOUS VOULEZ DIRE.
NOUS SOMMES SUR UNE ÎLE. UNE ÎLE-MACHINE, PLUS EXACTEMENT.
MON ARRIÈRE-GRAND-PÈRE, LE PROFESSEUR SCHTOUSCHTASCHTOV, Y A DÉBARQUÉ IL Y A CENT CIN-QUANTE ANS.

LE FONDATEUR AURAIT CONSTRUIT L'IMMENSE MURAILLE QUI NOUS ENTOURE POUR NOUS PROTÉGER DES REGARDS EXTÉRIEURS.

JE PENSE SURTOUT QUE C'EST NOTRE REGARD QU'IL VOULAIT PROTÉGER.
MAIS DITES-MOI, QUE VENEZ-VOUS FAIRE ICI ?

JE CHERCHE UNE FEMME.
AH, ÇA... ON EN EST TOUS LÀ, MON VIEUX.

JE PENSE QU'ELLE SE TROUVE ICI, À BUNKERVILLE.
ICI ?! VOUS PERDEZ LA RAISON, MON VIEUX.
VOUS POURRIEZ ARRÊTER AVEC VOS "MON VIEUX" ?
C'EST LUI ! C'EST L'INTRUS !
TRIIIIIIII
OH, NON ! PAS ENCORE EUX !

C'EST SOUS LE REGARD ATTENDRI D'EDGARD P. SCHNOPZ, NOTRE PÈRE FONDATEUR, QUE FUT CONSTRUITE LA GRANDE TOUR-STATUE.
À L'EFFIGIE D'ALICE, SA FEMME, CELLE-CI RAYONNERA À TOUT JAMAIS SUR NOTRE BELLE CITÉ.

ICI, VOUS POUVEZ VOIR EDGARD EN COMPAGNIE DE SON FILS ARTHUR...
ILS SE PROMÈNENT SUR L'IMMENSE CHANTIER DE BUNKERVILLE, OÙ SERA ÉRIGÉ LE FUTUR INSTITUT POUR--
HEUREUSE-MENT, DE NOS JOURS, LE GRAND AYRTON BJÖRG APPORTE ORDRE ET SÉCURITÉ AUX HABITANTS DE NOTRE GRANDE NAT--

CLICK
LA LEÇON EST TERMINÉE POUR AUJOUR-D'HUI, LES ENFANTS !

DE QUEL DROIT CE FILM A-T-IL ÉTÉ MODIFIÉ ?
C'EST MAÎTRE BJÖRG...

C'EST HONTEUX !
JE... PARDONNEZ-MOI, MAIS JE... EUH... COMMENT DIRE...

MAÎTRESSE ? C'EST VOTRE AMOUREUX, M. BJÖRG ?

SALETÉ DE CLODO ! IL N'IRA PAS BIEN LOIN.

NOIX DE COCO ?!
TOI VIENS PRIER, MONSIEUR LAUREL ?
HEIN... ?! EUH... OUI, JE VIENS PRIER, C'EST ÇA.

TIENS ! JE LE DONNE À TOI. C'EST NOUNOURS QU'IL S'APPELLE. IL VA TENIR COMPAGNIE À TOI.
CHUUUT, NOIX DE COCO !
DE QUI SE MOQUE-T-ON ?! PILE OU FACE, MON CUL !
LA GUILLOTINE OU LES OUBLIETTES, QUELLE CONNERIE !
IL FAUT ÉCARTELER CES FILS DE P--
MON PÈRE ! NON !
IL VA ENCORE NOUS FAIRE UNE CRISE !

LÂCHEZ-MOI, GOUGNAFIERS !
JE VOUS EN PRIE, MON PÈRE... RENDONS GRÂCE AU SEIGNEUR EN CHANSON.
RÉSIDUS DE FAUSSES COUCHES !
"Ô SEIGNEUR JÉSUS, NOUS TE RENDONS GRÂCE POUR TON AMOUR ÉTERNEL ET FRATERNEL..."

ÉCOLE DE BUNKERVILLE
BONJOUR, MON FILS.
DÉPÊCHE-TOI, MAMAN NOUS ATTEND À LA MAISON. ELLE A PRÉPARÉ UN BON POULET.
ALLEZ, AVANCE.
NON ! PAS COMME ÇA. Y EN A MARRE, À LA FIN... C'EST HUMILIANT !

SI TU NE TE LÈVES PAS TOUT DE SUITE, JE T'EN COLLE UNE !
EH ! ÇA SUFFIT ! CALMEZ-VOUS !
QU'EST-CE QUE VOUS FAITES AVEC CETTE LAISSE ?! C'EST UN ENFANT, PAS UN CHIEN !

VOUS DEVRIEZ AVOIR HONTE !
JE VOUS EN SUPPLIE... NE ME FAITES PAS DE MAL...
JE NE RECOMMENCERAI PLUS. JE VOUS LE JURE !
ÇA VA, MON GRAND, IL EST PARTI.
TU ES HORS DE DANGER.
PERSONNE NE LUI A JAMAIS FAIT CET AFFRONT... QUI ES-TU ? JE NE T'AI JAMAIS VU ICI.
C'EST UNE LONGUE HISTOIRE...
TU N'ES PAS OBLIGÉ DE ME TENIR LA MAIN, TU SAIS. J'AI 43 ANS.

C'ÉTAIT QUI, CE TARÉ AVEC SA LAISSE ?
MON PÈRE... SA FEMME ET LUI M'ONT ADOPTÉ QUAND J'AI ATTERRI ICI APRÈS MON ACCIDENT DE KITESURF... J'AI ÉTÉ PRIS DANS UNE TORNADE, COMME DOROTHÉE DANS *LE MAGICIEN D'OZ*.
J'EN PEUX PLUS DE CE TROU ! ICI, SI TU FAIS MOINS D'UN MÈTRE TRENTE, TU ES TRAITÉ COMME UN ENFANT. JE FAIS UN MÈTRE VINGT-TROIS...
ET TOI, COMMENT T'ES ARRIVÉ LÀ ?
JE SUIS À LA RECHERCHE DE QUELQU'UN...
ÇA FAIT SI LONGTEMPS QUE JE N'AI PAS RENCONTRÉ UNE PERSONNE NORMALE... TU ES BIEN NORMAL ?
SI C'EST EUX LA NORME, JE NE CROIS PAS !
HA HA !

C'EST QUOI, TOUS CES BALLONS ?
ILS ENVOIENT LES MORTS AU CIEL... ILS NE MANQUENT PAS DE POÉSIE, CES CONS.

CIMETIÈRE

LE MALHEUREUX AVAIT À PEINE 20 ANS... J'AI EMBALLÉ SA TÊTE SÉPARÉMENT.
VOUS AVEZ ENCORE LA VÔTRE, MAIS POUR COMBIEN DE TEMPS ?
ILS SONT CINGLÉS...

TOUS CES MORTS !
OUI, ILS ONT LA GUILLOTINE FACILE !
SI JE N'AVAIS PAS ÉTÉ ADOPTÉ, ELLE M'AURAIT SÛREMENT EMBALLÉ, MOI AUSSI...

ET IL Y A AUTRE CHOSE QUE JE DOIS SAVOIR SUR CETTE CHARMANTE VILLE ?
OUI ! ICI, TOUT FONCTIONNE AU POISSON. ILS FABRIQUENT MÊME CE FICHU BROUILLARD AVEC DES ÉCAILLES...
ÇA REND L'ÎLE INDÉTECTABLE.
LE PROBLÈME, C'EST LA MACHINERIE DU XIXe SIÈCLE. ELLE N'A JAMAIS ÉTÉ ENTRETENUE. L'ÎLE EST UNE BOMBE À RETARDEMENT, ELLE VA NOUS PÉTER À LA GUEULE !
ILS SAVENT ? TU LES AS PRÉVENUS ?
J'AI ESSAYÉ, MAIS QUI ÉCOUTERAIT UN ENFANT ?

QU'EST-CE QUE VOUS FAITES LÀ ?!
SORTEZ DE CHEZ MOI !

VOS MANIÈRES NE SONT PAS DIGNES DE VOTRE ILLUSTRE ANCÊTRE.
POUR QUI VOUS PRENEZ-VOUS ?
VOUS AVEZ OSÉ MODIFIER LE FILM DE LA GENÈSE !
ET VOUS, POURQUOI TENEZ-VOUS ABSOLUMENT À ENSEIGNER À CES ARRIÉRÉS ?
POUR LEUR PERMETTRE DE PENSER PAR EUX-MÊMES !
ÉPARGNEZ-MOI VOS FADAISES ! MARIONS-NOUS ET JE FERAI DE VOUS MA REINE.

ENSEMBLE, NOUS RÉGNERONS SUR BUNKERVILLE.
OÙ AVEZ-VOUS TROUVÉ ÇA ?!
CETTE BAGUE APPARTENAIT À ALICE SCHNOPZ, MON ARRIÈRE-ARRIÈRE-GRAND-MÈRE.
ET BIENTÔT, ELLE SCELLERA NOTRE UNION !
VOUS ET VOS MANŒUVRES POLITIQUES...
JAMAIS JE NE ME MARIERAI AVEC UN TYRAN COMME VOUS !
DOIS-JE VOUS RAPPELER QUE VOUS AVEZ FAIT LE CHOIX DE LAISSER BUNKERVILLE DERRIÈRE VOUS ?
PIRE ! QUE VOUS ÊTES REVENUE...
QUEL MAL Y A-T-IL À DÉCOUVRIR DE NOUVELLES CHOSES ? CRAIGNEZ-VOUS À CE POINT QU'ON Y PRENNE GOÛT ?
VOUS SAVEZ... JE POURRAIS VOUS FAIRE DÉCAPITER SUR-LE-CHAMP, SI JE LE VOULAIS.

L'INTRUS S'EST ÉVADÉ, MAÎTRE...
QUOI ?! QUEL EST L'IDIOT EN CHARGE DE LA PRISON ?!
C'EST... NOIX DE COCO, MAÎTRE...
ENCORE TOI ? CETTE FOIS, C'EST LA GUILLOTINE !
MAIS...

JE PEUX SAVOIR CE QUE VOUS MANIGANCEZ ENCORE ?
AH ! VOUS NE BOUDEZ PLUS, MA CHÈRE.
MES AMIS, JE PROFITE DE CET APARTÉ POUR FAIRE UNE ANNONCE : MLLE SCHNOPZ, DESCENDANTE DE LA DYNASTIE SCHNOPZ, FONDATRICE DE BUNKERVILLE, ET MOI-MÊME, ALLONS NOUS MARIER.
PARDON ?!
BRAVO ! VIVE L'AMOUR !
GLOIRE À NOTRE GRAND MAÎTRE !
UNE DÉCAPITATION, UN MARIAGE... LA VIE EST PLEINE DE SURPRISES.

VOILÀ OÙ J'HABITE DEPUIS CINQ ANS.
SOURIEZ EN TOUTES CIRCONSTANCES À VOTRE MARI...
... ET SI TES PARENTS ME VOIENT ?
ILS SONT ABSORBÉS PAR LEURS PROGRAMMES MERDIQUES. C'EST À PEINE S'ILS ME REMARQUENT...
COMBLEZ-LE D'UN BONHEUR BIEN MÉRITÉ. LÀ EST LE RÔLE D'UNE FEMME BIEN DÉVOUÉE !

ET MAINTENANT, RETROUVONS RODOLPHE, QUI VA TENTER D'AVALER CINQUANTE POULETS !
ATTENTION, RODOLPHE ! VOUS AVEZ TROIS MINUTES... C'EST PARTI !
TU TE RENDS COMPTE, CINQUANTE EN TROIS MINUTES !
C'EST MOI, JE SUIS RENTRÉ.

J'AI MONTÉ TON REPAS DANS TA CHAMBRE, MON PETIT CŒUR !

TU ES TROP GENTILLE AVEC LUI. IL M'A ENCORE DÉSOBÉI !
CE N'EST QU'UN ENFANT. IL EST TROP PETIT POUR COMPRENDRE QUAND ON LE GRONDE.
ILS ME FOUTENT LE CAFARD...

J'AI TELLEMENT FAIM...
ÇA AUSSI C'EST AU POISSON... ?
OUAIS !
TU VERRAS, TU FINIRAS PAR T'Y FAIRE.

POURQUOI AVOIR CONSTRUIT UN TRUC PAREIL ?
LE FONDATEUR L'A FAIT POUR SON FILS, QUI ÉTAIT DÉFICIENT MENTAL. IL VOULAIT LUI OFFRIR UN MONDE OÙ IL SERAIT COMME LES AUTRES.
LES AUTRES ?
LES DÉFICIENTS MENTAUX... IL A VIDÉ DES TAS D'ASILES POUR PEUPLER BUNKERVILLE.

TIC
TOC
TIC
TOC
TIC
TOC
CRAKK

WRRRR
ENCORE CETTE MAUDITE MACHINERIE ! QUAND ALLEZ-VOUS LA RÉPARER ?!
LORSQUE VOUS RECONNAÎTREZ ENFIN QUE JE SUIS L'HOMME QU'IL VOUS FAUT.
JE CROIS QU'IL SERAIT PLUS PRUDENT DE REMONTER, MAÎTRE !

NE VOYEZ-VOUS PAS QUE BUNKERVILLE SE MEURT ? LA RÉALITÉ FINIRA PAR NOUS RATTRAPER, AYRTON BJÖRG !
OH, MAIS RASSUREZ-VOUS, MON CŒUR. J'AI ENVOYÉ NOS MEILLEURS PLONGEURS !
VRRRR

ET LÀ, ON
FAIT QUOI ?

ILS NE
T'ONT PAS
DIT ?

POURQUOI ? ILS T'ONT DIT QUELQUE CHOSE, À TOI ?
TOUT CE QUE JE SAIS, C'EST QU'ILS ME FONT TOURNER EN BOURRIQUE !

MON DIEU ! QU'EST-CE QUE C'EST QUE CE MACHIN ?!
J'AI UN MAUVAIS PRESSENTI- MENT...

JE PEUX TE POSER UNE QUESTION ?
POUR UNE FOIS QU'ON ME DEMANDE QUELQUE CHOSE...
À PART NOUS, PERSONNE N'EST JAMAIS ENTRÉ DANS BUNKERVILLE ?
PAS QUE JE SACHE.
OH !

QU'EST-CE QUE C'EST ?
JE SAIS PAS. C'EST LA PREMIÈRE FOIS QUE JE VOIS UN VIEUX MODÈLE COMME ÇA !

AH, ÇA ! C'EST ALICE SCHNOPZ. LA FEMME DU FONDATEUR.
NON, JE PARLE DE LA STATUE.
QUOI ?!

SCHNOPZ ?! MAIS C'EST LE NOM D'ÉLÉONORE !
ÉLÉONORE SCHNOPZ ? C'EST ELLE QUE TU CHERCHES ?
TU LA CONNAIS ?!
EUH... BEN OUI.
UNE BELLE JEUNE FEMME AVEC DU CARACTÈRE... C'EST MON ENSEIGNANTE.
QU'EST-CE QUE TU RACONTES ?!

OÙ EST-ELLE ?!
LÀ-HAUT...
DANS LA TÊTE !
BRUUMM

NE RATEZ PAS LE MARIAGE DU SIÈCLE !
Invitation
Grand Mariage Royal
Demain matin au pied
de la
Tour Alice Schnopz

BON SANG, LUCIEN ! LE CONSEIL VIENT PAR ICI...
FAIS SEMBLANT DE TRAVAILLER !
C'EST QUI, LUI ?
BJÖRG ! UN ESCROC ASSOIFFÉ DE POUVOIR... UN TYPE DÉGOÛTANT. MES PARENTS L'ADORENT.
VOUS ÊTES SÛRS QUE CE SERA PRÊT À TEMPS ?
CE SONT LES MEILLEURS OUVRIERS, MAÎTRE !

APPLIQUEZ-VOUS ! C'EST LE MARIAGE DU SIÈCLE, PAS LA FÊTE DE LA SAUCISSE !
MON DIEU ! C'EST ELLE...

ÉLI ! DIS-MOI QUE JE NE RÊVE PAS, CETTE FOIS-CI...

MON AMOUR…

... C'EST BIEN TOI ! JE PENSAIS NE PLUS JAMAIS TE REVOIR...
POURQUOI NE M'AS-TU RIEN DIT ?!
MAIS... QU'AURAIS-JE PU TE DIRE ?
QUE TU ÉTAIS TOUJOURS EN VIE, PAR EXEMPLE...
C'EST À CAUSE DE MOI QUE TU ES PARTIE ?
NON, LAUREL ! C'EST TON MONDE : IL RAVAGE TOUT ! IL AURAIT MÊME FINI PAR DÉTRUIRE NOTRE AMOUR.

PARTONS ENSEMBLE DE CETTE CITÉ DE FOUS !
CES FOUS, C'EST MON PEUPLE, LAUREL ! JE SUIS L'HÉRITIÈRE DE BUNKERVILLE.
ILS ONT FAILLI ME DÉCAPITER, ÉLI !
ET DIEU SOIT LOUÉ, ILS N'ONT PAS RÉUSSI…
MAIS ILS ONT BESOIN DE MOI…
MOI AUSSI…

LA POLICE !
IL FAUT PARTIR !
TOM ? QU'EST-CE QUE TU FAIS LÀ ?
TRINNN
TU DEVRAIS ÊTRE AU LIT À CETTE HEURE !
JE VOUS EXPLIQUERAI !

C'EST LUI !
TRINNNNN
ATTENDEZ ! JE NE VAIS JAMAIS Y ARRIVER.
PLUS VITE !
JE FAIS CE QUE JE PEUX. TU PÈSES UNE TONNE !

NOM D'UNE PIPE, IL ENLÈVE LE PETIT !
!
ÉLI !
TRINNN
RETOURNE DANS TON MONDE, LAUREL ! OU ILS VONT TE TUER...

QU'EST-CE QUE TU FAIS ?! NE T'ARRÊTE PAS, COURS !
FUIS, JE T'EN SUPPLIE...
ÉLI, NON...
JE ME RENDS !
MAIS... MADEMOISELLE SCHNOPZ...

... JE CROIS QU'IL Y A UN MALENTENDU.
ON N'EST PAS À UN MALENTENDU PRÈS, DANS CETTE VILLE, SI ?
DÉPÊCHONS-NOUS. ILS VONT REVENIR.
JE PEUX ENCORE LA CONVAINCRE. SUIS-MOI !
OÙ ÇA ?
QU'EST-CE QUE J'EN SAIS ?!
JE SUIS BARBIER, PAS MÉCANICIEN !
ALORS ?!
WROOOM
TOUT ÇA EST MOYENNEMENT RASSURANT...

TU AS LE VERTIGE ?
TU RIGOLES ? C'EST DU SUICIDE !
ON Y EST PRESQUE !
J'EN PEUX PLUS ! MA HANCHE EST BLOQUÉE !

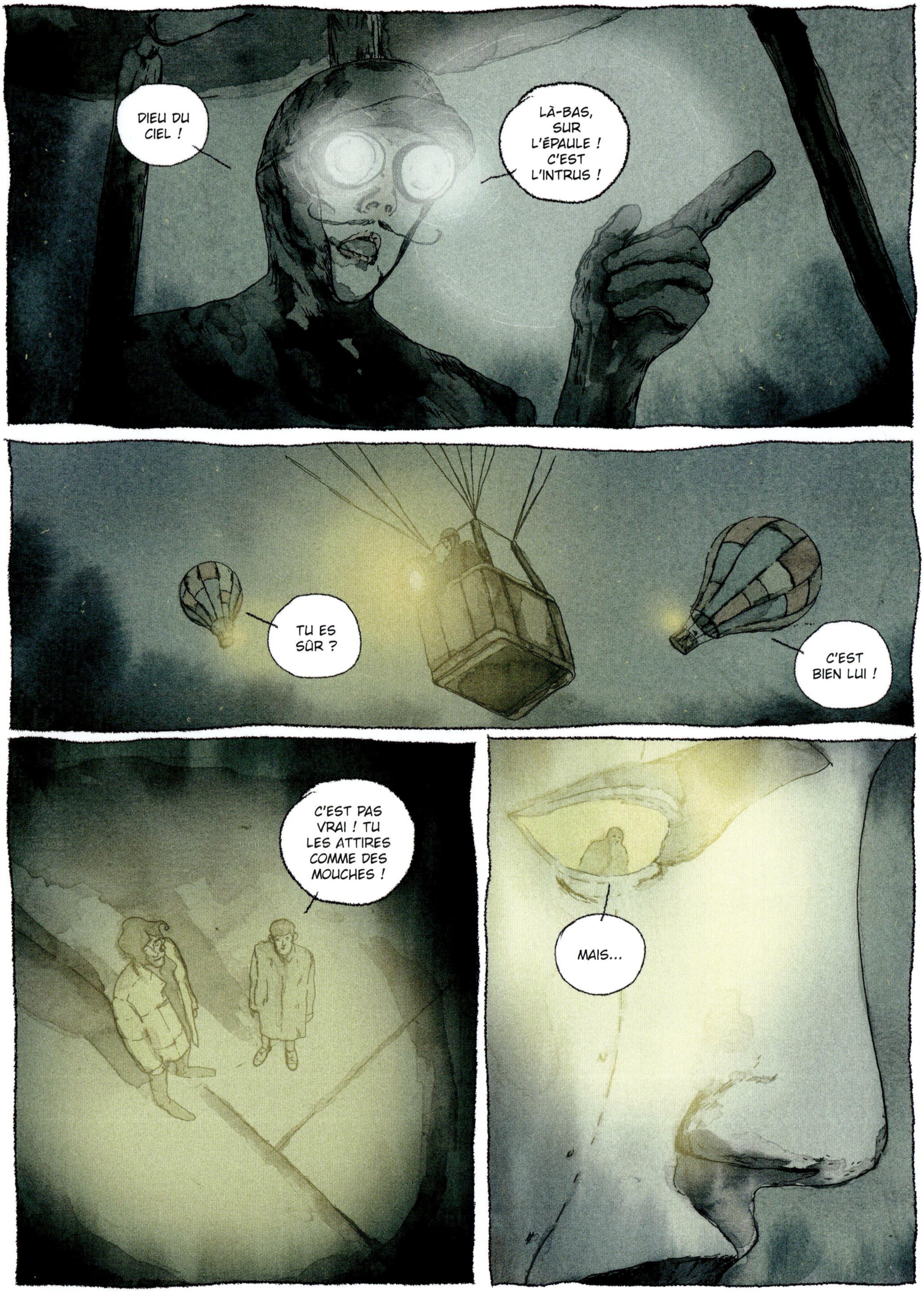
DIEU DU CIEL !
LÀ-BAS, SUR L'ÉPAULE ! C'EST L'INTRUS !
TU ES SÛR ?
C'EST BIEN LUI !
C'EST PAS VRAI ! TU LES ATTIRES COMME DES MOUCHES !
MAIS...

QU'EST-CE QUI SE PASSE ?
ENCORE TOI ! QU'EST-CE QUE TU VEUX ?!
JE VIENS CHERCHER ÉLÉONORE SCHNOPZ !
HA HA ! TU PEUX L'OUBLIER...

... ELLE EST À MOI !
BAMM

TOM !!
BAMM
NOOON !
QU'AVEZ-VOUS FAIT ?!

VOUS CROYEZ QUE JE N'AI PAS VU VOTRE PETIT JEU ?
VOUS PRÉFÉREZ CE MISÉRABLE À MOI !
LÂCHEZ-MOI !
POUR LA DERNIÈRE FOIS, ALLEZ-VOUS M'ÉPOUSER ?
TOUT ÇA N'EST PAS RÉEL !
WROOOOM
RÉVEILLE-TOI !

JE FERAI CE QUE VOUS VOUDREZ SI VOUS LUI LAISSEZ LA VIE SAUVE !
À LA BONNE HEURE !
C'EST TON JOUR DE CHANCE, CLODO.
LE CŒUR VA LÂCHER !
WROOOM
MARIAGE ROYAL

MARIAGE ROYAL
MON BON PEUPLE, CETTE UNION EST AUSSI LA VÔTRE !
EN DEVENANT VOTRE ROI ET EN FAISANT DE NOTRE DIGNE HÉRITIÈRE MA REINE...
NOUS FONDERONS LA GRANDE DYNASTIE DES--
?!
WROOOM
NE L'ÉCOUTEZ PAS ! IL VOUS MENT !

VOUS MÉRITEZ MIEUX QUE ÇA !
CURÉ, MARIEZ-NOUS ! C'EST UN ORDRE !
ÉLI !
JE T'AIME !
LAUREL !
MAÎTRE BJÖRG, IL FAUT VOUS METTRE À L'ABRI !
ÇA EXPLOSE DE PARTOUT !

JE SUIS PRÊT À QUITTER MON MONDE POUR LE TIEN !
NOOON ! VA-T'EN, LAUREL !!
CESSEZ DE PLEURNICHER ! IL NOUS FAUT RETOURNER DANS LA TOUR.

WROOOM
JE VOUS MÉPRISE AYRTON BJÖRG ! TOUT ÇA EST VOTRE FAUTE !

ÉLI…

ET MERDE !!

RETOUR À LA CASE DÉPART...
?!
LA POISSONNERIE
L'ILE

S'IL VOUS PLAÎT ! POURRIEZ-VOUS ME DÉPO--
QUOI ?! C'EST PAS VRAI... !
MONTE !
TU TRAÎNES ENCORE PAR ICI ?
ET TU VAS OÙ, CETTE FOIS ?
COCO 21
EN VILLE...

TU FAIS UNE DE CES TÊTES, MON GARS...
ON DIRAIT QUE T'AS VU UN FANTÔME !
À QUOI VOUS JOUEZ ?
C'EST QUOI, ÇA ?!
TU VAS ME POSER LA QUESTION À CHAQUE FOIS ?
C'EST NOIX DE COCO ! MON GAMIN ME L'A DONNÉ POUR ME TENIR COMPAGNIE.
TU VEUX LUI FAIRE UN CÂLIN ? HA HA !

COCO 21
METRO
TARÉ.

POUAH ! CETTE ODEUR DE PISSE...

L'ÎLE À HÉLICE
DE JULES VERNE
AVEC
ÉLÉONORE GABORIAU
UN FILM DE PASCAL CHIND
?!

MON AMOUR ...
ÉLÉON
AH LÀ LÀ ! ÇA NE S'ARRANGE PAS, MON VIEUX.
TU VEUX RETOURNER SUR TON ÎLE ?
COMMENT VOUS--
T'ES ENCORE FAUCHÉ, C'EST ÇA ?
FOUTEZ-MOI LA PAIX !

WELCOME IN
économie MT
ENCORE TOI ?! T'AS PLUS LE DROIT DE REMETTRE LES PIEDS ICI...
T'AS ÉTÉ VIRÉ ! M'OBLIGE PAS À APPELER LA POLICE.

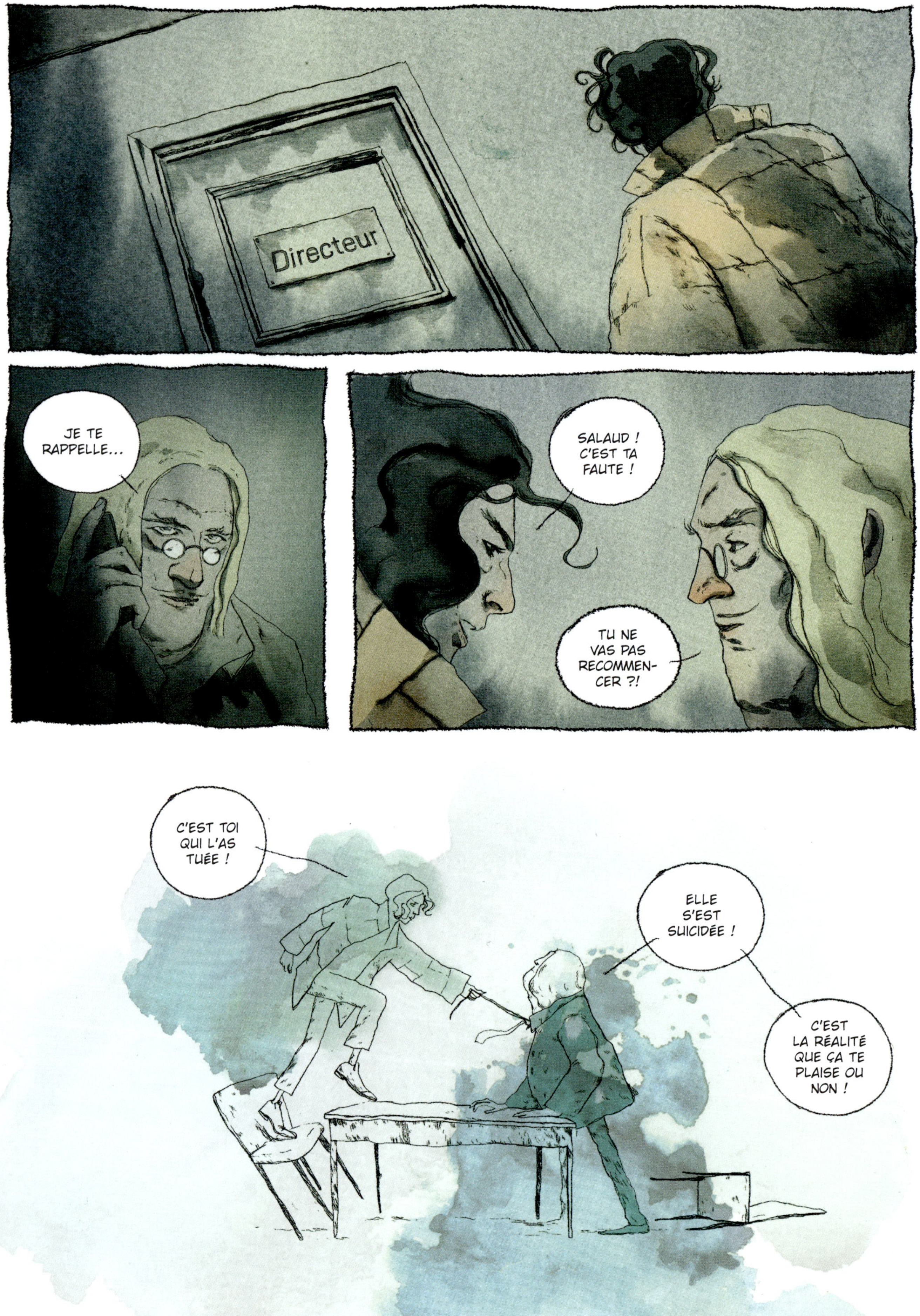
Directeur
JE TE RAPPELLE...
SALAUD ! C'EST TA FAUTE !
TU NE VAS PAS RECOMMENCER ?!
C'EST TOI QUI L'AS TUÉE !
ELLE S'EST SUICIDÉE !
C'EST LA RÉALITÉ QUE ÇA TE PLAISE OU NON !

CE N'EST PAS **MA** RÉALITÉ.
VEUILLEZ NOUS SUIVRE CALMEMENT.
POLICE
JE N'AI RIEN FAIT DE MAL !
ARRÊTEZ-VOUS !

IL VA CREVER, À CE RYTHME !
MAIS…
QU'EST-CE QUI M'ARRIVE ?
ON EST EN TRAIN DE LE PERDRE !
ÉLI ?!
JE VOUS AVAIS CRU MORTS TOUS LES DEUX !
LES BELLES HISTOIRES NE MEURENT JAMAIS, MON AMOUR…
ALLEZ, GRIMPE !
TU PEUX TE REPOSER, MAINTE-NANT…
FIN.

BUNKERVILLE

BONUS

LES VOYAGES EXTRAORDINAIRES

Couronnés par l'Académie française.

JULES VERNE

L'ÎLE à HÉLICE

80 ILLUSTRATIONS

PAR

BENETT

12 GRANDES GRAVURES

EN CHROMOTYPOGRAPHIE

1 CARTE EN COULEURS

ET 2 CARTES EN NOIR

BIBLIOTHÈQUE

D'ÉDUCATION ET DE RÉCRÉATION

J. HETZEL ET Cie, 18, RUE JACOB

PARIS

Extrait du journal de Thomas Fleudert (Tom) écrit sur les pages de la première édition de *L'Île à hélice* de Jules Verne, parue chez J. Hetzel et Cie en 1895.

ALBERT ROBIDA

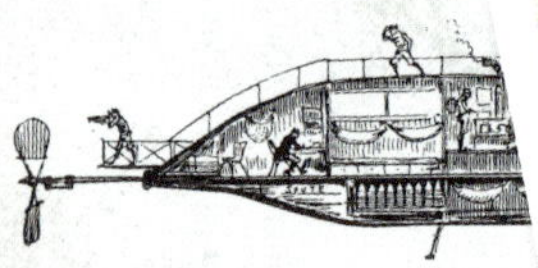

JULES VERNE

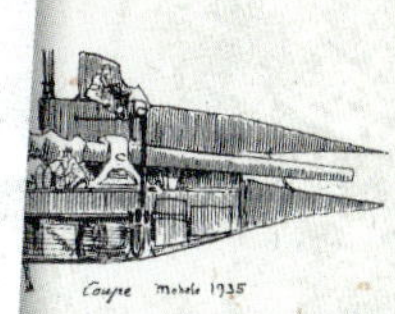

RETRANSCRIPTION DE L'EXTRAIT DU JOURNAL

J'ai mal partout.

Aucune idée d'où je me trouve. Je faisais du kitesurf quand des vents ascendants m'ont soulevé. Pris par surprise. Me suis écrasé sur le toit d'une maison. Black-out. Combien de jours ?

Impression étrange d'avoir glissé dans le temps, ou de perdre la tête. Tout est dix-neuvième, ici, même leurs tronches.

Tout sent le poisson. C'est infect !

Pas moyen de savoir la date.

Celui qui m'héberge s'appelle Georges, il a la moitié de mon âge et me demande de l'appeler "papa". Je flippe.

Georges s'énerve pour rien. Il fait semblant de me frapper, ça le fait rire. Raymonde, sa femme, qui pourrait être sa grand mère, me traite comme un bébé. Elle veut me bercer !!! Je la laisse faire, ça calme l'autre taré.

C'est infernal ! Je dois me casser d'ici !

Tout est humide, même les draps. J'ai constamment mal à la gorge. Ne sais pas dans quoi me moucher.

La folle vient de m'annoncer en pleurs qu'ils allaient m'adopter. C'était des larmes de joie. Je n'avais encore jamais songé au suicide jusqu'ici.

Je pense à mes vieux parents. Ils doivent croire que je suis mort.

Leur bouffe est immonde, tout goûte le poisson ! Je donnerais mon bras gauche pour un McDo.

Je suis sorti pour la première fois. Georges m'a mis une laisse. Je l'ai laissé faire... Je me maudis ! Les enfants voulaient jouer avec moi.

Tout noter pour ne rien oublier. Un jour, je les poursuivrai ! **Ils me le paieront !**

Des semaines, des mois que je suis ici. Je vais crever dans ce trou de merde !

Premier jour d'école primaire !

À quoi ils jouent tous ? C'est peut-être une secte ou un truc du genre.

Truman Show ?

J'ai compris pourquoi ils me traitent comme un enfant. Ici, les personnes de moins d'un mètre trente sont considérées comme des enfants.

Si elle continue à m'appeler "mon petit cœur", je vais lui crever les yeux !!!

Georges m'a battu pour la première fois. Ça m'a tellement surpris que j'ai réagi comme un enfant : j'ai pleuré. Je pense que j'ai des côtes fêlées. Je fais profil bas, il a failli me tuer.

Caché un couteau dans ma chambre.

Sentiment d'être le jouet d'un cinglé qui m'observe comme un rat de laboratoire.

Je pense à mes funérailles. Ça me rend malade d'infliger ça à mes vieux parents.

Mes hanches me font souffrir. Il n'y a pas d'antidouleur, ici. Je ne sais même pas s'il y a des médecins. Je suis dans un état déplorable. L'air fétide me lève le cœur.

BUNKERVILLE : LE PROJET CINÉMATOGRAPHIQUE

Les origines de ***Bunkerville*** remontent à 2010. L'auteur et réalisateur **Pascal Chind** propose à l'écrivain **Benjamin Legrand** une collaboration pour écrire les germes de ce que deviendra *Bunkerville*. Quant au dessinateur **François Schuiten**, il l'invite à en prendre la direction artistique. En effet, le créateur (avec **Benoît Peeters**) des *Cités Obscures* est sensible à cette histoire très "vernienne", dont la ville joue un rôle si important. Il partage également avec Pascal un goût immodéré pour **Jules Verne** et **Albert Robida**, importantes sources d'inspiration pour *Bunkerville*. Très vite se mettent en place des sessions de travail à Bruxelles, auxquelles se greffe l'auteur de BD **Nicolas Fructus**, qui donnera corps aux idées en story-boardant plusieurs scènes.

Malgré les efforts, le film reste un projet atypique au budget titanesque pour la France à l'époque. L'histoire aurait pu s'arrêter là… mais des années plus tard, **Pascal Chind** décide d'adapter le scénario pour la bande dessinée. Cela lui apparaît rapidement comme une évidence : *Bunkerville* est fait pour la BD !

◀ Story-board par Nicolas Fructus

Première esquisse de *Bunkerville* par François Schuiten ▼